INSTITUT DE FRANCE.

ACADÉMIE DES SCIENCES.

DISCOURS

DE M. PELIGOT

PRÉSIDENT

Lu dans la séance publique annuelle du 28 janvier 1878.

PARIS

TYPOGRAPHIE DE FIRMIN-DIDOT ET Cⁱᵉ

IMPRIMEURS DE L'INSTITUT DE FRANCE, RUE JACOB, 56

M DCCC LXXVIII

INSTITUT DE FRANCE.

ACADÉMIE DES SCIENCES.

DISCOURS
DE M. PELIGOT

PRÉSIDENT

Lu dans la séance publique annuelle du 28 janvier 1878.

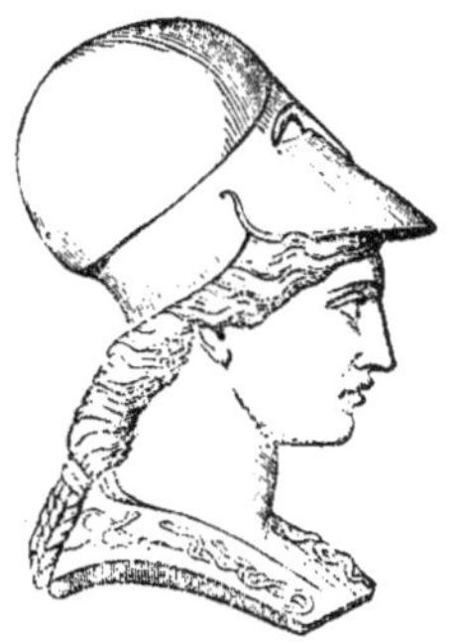

PARIS

TYPOGRAPHIE DE FIRMIN-DIDOT ET Cie

IMPRIMEURS DE L'INSTITUT DE FRANCE, RUE JACOB, 56

M DCCC LXXVIII

ACADÉMIE DES SCIENCES.

DISCOURS
DE M. PELIGOT

PRÉSIDENT

Lu dans la séance publique annuelle du 28 janvier 1878.

Messieurs,

L'année qui vient de finir a laissé dans nos rangs un grand vide : au mois de septembre, nous avons perdu M. Le Verrier. Une autre année commence à peine, et nous avons à déplorer la perte de deux illustres confrères, M. A. Becquerel et M. Regnault. Nos pensées se portent avec obstination vers ceux que la mort nous a ravis. Mon premier devoir est de me rendre l'interprète des regrets de l'Institut, du pays et de tous ceux qui s'intéressent aux plus hautes manifestations de l'intelligence humaine.

Des voix autorisées diront bientôt la part considérable qui revient à chacun de nos confrères dans les progrès de la science qu'il cultivait. Leurs noms appartiennent déjà à la postérité. La découverte de la planète Neptune sur le point du ciel que le calcul lui assignait a donné au nom de Le Verrier une popularité de bon aloi, en même temps qu'elle conservait à l'astronomie française un rang que personne ne songeait à nous disputer. Par un labeur persévérant, Le Verrier a refait toute la théorie de notre système planétaire ; organisateur puissant aussi bien que grand astronome, il a doté nos ports d'un système d'avertissement des tempêtes que d'autres pays ont imité et qui rend journellement à la marine les services les plus signalés. Son œuvre était complète au moment de sa mort prématurée : sa gloire restera l'une des plus grandes de notre pays et de notre siècle.

La physique doit à M. Becquerel d'importantes découvertes. Pendant sa longue carrière, notre confrère a créé, sous le nom d'*électrochimie*, une branche nouvelle de la science. Il a réalisé la formation artificielle d'un grand nombre d'espèces minérales. Ces études, commencées il y a plus d'un demi-siècle, poursuivies jusque dans ces derniers temps avec une ardeur et une curiosité toutes juvéniles, exécutées avec des appareils aussi simples qu'ingénieux, ont, pour beaucoup de substances, précédé la synthèse minéralogique, l'une des conquêtes de la science contemporaine. Je n'ai point à parler ici du caractère si sympathique de M. Becquerel, ni de son dévouement à l'Académie : aucun de ceux qui ont eu accès auprès de lui ne peut perdre le souvenir de sa bonté et de son inaltérable bienveillance.

M. Regnault avait débuté par d'importants travaux de

chimie ; mais c'est surtout à la physique qu'il doit son illustration. Ses recherches sur la chaleur spécifique des corps simples et des corps composés, sur la dilatation des gaz, sur la force élastique de la vapeur d'eau, sur l'hygrométrie, etc., servent de guide et de modèle à tous ceux qui s'occupent de travaux analogues ; elles font partie depuis longtemps de l'enseignement de la physique et de la chimie. Nul n'était mieux doué que notre regretté confrère et ne possédait des connaissances scientifiques plus étendues et plus variées : il était à la fois géomètre, physicien, chimiste, géologue, mécanicien, ingénieur. L'heureuse conception de ses appareils, la sûreté des déductions qu'il tirait d'expériences exécutées avec une incomparable habileté, lui donnent une place à part parmi les plus illustres physiciens de notre époque.

Moins heureux que M. Becquerel, qui a vu son fils et son petit-fils conserver à la science le nom qu'il a illustré, M. Regnault eut à lutter contre des malheurs de famille inouïs. La mort glorieuse de son fils Henri, sans abattre son courage, avait détruit sa santé. Paralysé depuis plusieurs années, son intelligence était restée intacte, et c'est avec émotion que l'Académie garde le souvenir des éloges qu'il donnait, dans une de nos dernières séances, aux remarquables expériences sur la liquéfaction des gaz faites à Paris et à Châtillon-sur-Seine par M. Cailletet, et à Genève par M. Raoul Pictet.

Les prix que nous avons à distribuer sont nombreux ; ils témoignent tout à la fois de l'ardeur avec laquelle les sciences sont cultivées et des ressources qui sont à la disposition de l'Académie. Un de nos anciens présidents,

M. Faye, comparait, dans une de nos séances publiques, les revenus qu'elle avait à la fin du XVIIIe siècle à ceux dont elle disposait il y a trois ans : elle avait, en 1788, 8,727 livres de rente ; son revenu, en 1874, s'élevait à 110,000 francs ; il a augmenté depuis d'une manière sensible. « Il est vrai, ajoute M. Faye, que tout a changé entre les deux époques : non pas seulement le chiffre des revenus, mais les conditions sociales, les idées, les besoins, les intérêts et surtout la science elle-même. »

Qu'il me soit permis de chercher d'un œil curieux les origines de quelques-uns des prix que nous avons à décerner. Pour toutes les Académies, aucun moyen d'aider au développement des sciences, des lettres ou des arts, ne paraît avoir une plus grande efficacité.

En remontant à la création de notre Compagnie, qui date de l'année 1666, et à sa réorganisation, en 1699, les règlements de cette dernière époque, ainsi que les éloges faits par Fontenelle, l'un de ses premiers secrétaires perpétuels, établissent combien était grande la prééminence des sciences mathématiques sur ce que nous appelons aujourd'hui les sciences physiques ; celles-ci, en effet, naissaient à peine ou commençaient à se développer. Aussi, dans les premiers temps de son existence, l'Académie s'exerçait surtout sur l'étude des grands problèmes de l'univers ; ce n'est que beaucoup plus tard que les perfectionnements apportés aux moyens d'observation permirent d'appliquer le calcul aux travaux de la physique et de la chimie ; ces perfectionnements ont concouru en même temps aux progrès des sciences naturelles.

Il semble d'ailleurs qu'à cette époque tous ceux qui cultivaient les sciences devaient se trouver réunis dans l'une des quatre classes qui composaient l'Académie royale des sciences : les honoraires, les pensionnaires, les associés et les élèves ; leurs travaux étaient l'objet d'une sorte de réglementation qui serait assurément bien gênante aujourd'hui. « Au commencement de chaque année, disait l'article xxi du règlement du 26 janvier 1699, chaque académicien pensionnaire sera obligé de déclarer par écrit à la Compagnie le principal ouvrage auquel il se proposera de travailler, et les autres académiciens seront invités à donner une semblable déclaration de leurs desseins. »

La première fondation des prix décernés par l'Académie royale des sciences est celle de Rouillé de Meslay, ancien conseiller au Parlement ; elle remonte à l'année 1720.

Ces prix, dont le sujet était proposé par la Compagnie, ont donné lieu à des travaux considérables qui sont réunis dans neuf volumes de ses publications. En 1738, la question proposée était sur la *nature du feu*. Le mémoire de la marquise du Châtelet et de Voltaire faillit obtenir le prix, qui fut décerné à Euler. En 1777, les *épices*, c'est-à-dire la rétribution attribuée par le testament de M. de Meslay aux juges des concours qu'il avait institués, furent transformées en un prix de physique, sur la demande des juges eux-mêmes. Parmi les noms des lauréats, on remarque ceux d'Euler, de Daniel et de Jean Bernoulli, de l'abbé Bossut, de Lagrange, etc.

Quarante ans après l'exemple donné par Rouillé de Meslay, un prix consistant en une médaille d'or d'une valeur de 600 livres, médaille dont le testateur avait indiqué le sujet et l'exergue, était fondé par M. Mignot de Montigny.

Beaucoup d'autres prix ont été proposés par l'Académie dans la seconde moitié du siècle dernier; leur simple énoncé serait déjà trop long, malgré l'intérêt qu'il présenterait. Néanmoins, je ne puis me dispenser de mentionner deux de ces fondations.

Un anonyme, qui n'était autre que M. de Sartine, lieutenant général de police, proposait, en 1763, un prix ayant pour sujet l'*illumination d'une grande ville*. L'Académie, après avoir mis deux fois cette question au concours, avait reçu, en 1766, une quarantaine de mémoires : « Elle a distingué, dit le rapport, dans les mémoires de la première classe, la pièce n° 36 qui a pour devise : *Signabitque viam flammis,* dont l'auteur est M. Lavoisier.

« L'Académie a résolu de publier cette pièce et M. de Sartine a engagé le roi à lui accorder une médaille d'or, qui lui a été publiquement remise par le président de l'Académie, le 9 avril 1766. »

Ce travail a paru pour la première fois dans les *Œuvres de Lavoisier,* dont la publication est surveillée avec tant de soin par notre illustre secrétaire perpétuel, M. Dumas.

Une autre fondation, faite par le roi Louis XVI, présente, au point de vue historique, un intérêt tout particulier : c'est le prix *de l'alcali.*

« L'Académie, dit le programme, conformément aux intentions du roi, propose, pour l'année 1783, un prix de 2,400 livres à l'auteur du mémoire qui aurait trouvé le procédé le plus simple et le plus économique pour décomposer en grand le sel de mer, en extraire l'alcali, qui lui sert de base, dans son état de pureté, dégagé de toute combinaison acide ou autre, sans que la valeur de cet alcali minéral excède le prix de celui que l'on tire des meilleures soudes étrangères. »

Ce prix avait été proposé de nouveau pour l'année 1785, puis pour la troisième fois en 1787. « L'Académie, dit encore le programme, prononcera son jugement dans son assemblée publique de Pâques 1788. » On sait que, quatre années plus tard, le Comité de salut public faisait appel aux chimistes pour la solution de cette même question. L'appel était entendu cette fois; mais on ne saurait nier que, par son insistance, l'Académie n'ait contribué à la recherche et à la découverte du procédé de fabrication de la soude artificielle, qu'on doit à Leblanc, l'une des plus grandes conquêtes de l'industrie moderne.

On sait que toutes les Académies furent supprimées par un décret du 8 août 1793. Deux années plus tard, l'Institut était créé; il était divisé en trois classes : les sciences physiques et mathématiques, les sciences morales et politiques, la littérature et les beaux-arts. Des prix furent institués par l'État : « L'Institut national proposera six prix tous les ans : chaque classe indiquera les sujets de deux de ces prix qu'elle adjugera seule. »

Aujourd'hui, l'Académie reçoit du gouvernement les sommes affectées alternativement au grand prix des sciences mathématiques et au grand prix des sciences physiques : elle décerne, à des époques déterminées, un prix de 6,000 francs pour tout travail destiné à accroître l'efficacité de nos forces navales; enfin, elle dispose tous les dix ans du prix biennal de 20,000 francs. La part la plus considérable de ses revenus vient des dons et des legs qui lui ont été faits par de généreux fondateurs : c'est surtout à l'initiative individuelle qu'elle doit le patrimoine scientifique dont elle dispose chaque année en faveur de ses lauréats.

Je dois ajouter, en ce qui concerne ces fondations, que l'Académie se montre toujours sévère sur les conditions dans lesquelles elles sont instituées ; avant de demander au gouvernement l'autorisation d'accepter le legs qui lui est fait, elle examine si ces conditions ne lèsent en rien les droits de la famille, si la volonté du testateur n'exprime pas des vœux d'une réalisation impossible et si la destination du prix est conforme à ses traditions et à la nature des encouragements qu'elle a mission de décerner : ce n'est qu'après une enquête rigoureuse que la donation est acceptée. Depuis cinquante ans environ, l'Académie, tout en rendant hommage aux bonnes intentions des testateurs, a dû refuser dix-sept donations, dont plusieurs représentaient une valeur considérable.

Signaler à la reconnaissance publique les noms de ces bienfaiteurs de la science est un devoir que l'Académie remplit chaque année, en publiant les programmes des prix qu'elle est appelée à décerner. Par un singulier revirement des tendances actuelles, les legs pour les sciences physiques et leurs applications sont aujourd'hui plus nombreux que pour les sciences mathématiques : on peut le regretter, car ces dernières n'offrent pas toujours à ceux qui les cultivent des moyens d'existence en rapport avec le mérite et l'importance de leurs travaux.

La fondation la plus ancienne, depuis que l'Institut a été créé, est celle du célèbre astronome Lalande, qui, au commencement de ce siècle, offrait à l'Académie, dont il faisait partie, une somme de 10,000 francs, dont le revenu sert chaque année à donner un prix à celui qui a fait l'observation la plus curieuse ou le Mémoire le plus utile pour les progrès de l'astronomie, en France ou ailleurs. « Si, pour accepter cette petite fondation, dit le donateur, l'Institut croit avoir besoin de l'autorisation du gouvernement, je le prie de vouloir bien la demander ; je lui aurai l'obligation de pouvoir rendre à l'astronomie une partie de ce que j'en ai reçu, et c'est ce que j'ai tâché de faire jusqu'à présent. »

Plusieurs prix ont une semblable origine ; leurs fondateurs ont voulu, sans nul doute, affirmer, d'une manière durable, l'intérêt qu'ils portaient aux progrès de la science qu'ils cultivaient avec éclat, et, en même temps, leur gratitude envers la compagnie dont ils faisaient partie : telle est l'origine des prix fondés par le Dr Lallemand, par le Dr Montagne, prix dont l'Académie n'a encore que la nue propriété ; par M. Serres, par le maréchal Vaillant, par M. Claude Gay ; telle est aussi, dans un ordre d'idées peu différent, celle des prix que l'Académie doit à Mme la marquise de Laplace, à Mme la baronne de Damoiseau, à Mme Poncelet, à Mlle Le Tellier de Savigny, à Mme Valz ; animées d'un même sentiment pieux, ces donatrices ont voulu perpétuer, par un monument digne d'elles, une mémoire déjà chère à la science.

D'autres fondations, faites par des personnes étrangères à l'Académie, ont la destination expresse de récompenser des travaux qui ont été l'honneur de ceux qui les ont instituées : les prix fondés par M. le baron de Morogues, pour les progrès de l'agriculture ; par M. Barbier et par M. Godard, pour les sciences médicales ; par M. Desmazières et par M. Thore, pour l'étude des végétaux cryptogamiques ; par M. La Fons Mélicocq, pour le meilleur ouvrage de botanique sur le nord de la France ; par M. Fourneyron, pour la mécanique appliquée, rappellent les services que ces donateurs ont rendus aux sciences, dont, après leur mort, ils cherchent à encourager les progrès.

Telle est aussi l'origine du legs fait par le Dr Jecker : né en Suisse, ayant fait à Paris ses études médicales, M. Jecker avait acquis en Amérique une grande fortune qu'il devait à sa profession de médecin. De retour en France, il a, par un souvenir reconnaissant, légué à l'Académie des sciences une somme de 200,000 francs, dont le revenu est destiné à récompenser annuellement les meilleurs travaux sur la chimie organique. Ce prix a eu déjà des conséquences considérables pour les progrès de cette branche de la science.

D'autres donations ont été inspirées par l'amour exclusif de la science et du bien public ; au premier rang se trouvent celles de M. de Montyon ; ce grand homme de bien, auquel l'ancienne Académie devait déjà des prix qui avaient disparu avec elle, fondait, de son vivant, en 1817, sous le voile de l'anonyme, un prix de statistique, et, deux années plus tard, un prix de physiologie expérimentale et un prix de mécanique ; puis, en 1835, il laissait, par son testament, un capital considérable pour des prix de médecine et de chirurgie, et, pour récompenser les auteurs de travaux ayant pour résultat de rendre un art moins insalubre. Une autre donation était faite en faveur de l'Académie française. Il semble qu'en faisant ce partage, M. de Montyon se souvenait du vers du poëte latin :

Orandum est ut sit mens sana in corpore sano,

confiant à l'Académie française les soins de l'âme, guérie, soulagée ou consolée par les prix de vertu qu'elle décerne chaque année, et à l'Académie des sciences les soins du corps.

Parmi les fondations que l'Académie doit aux personnes s'intéressant à la science ou désirant concourir aux progrès de l'art de guérir, nous devons mentionner le legs de M. Bordin, ancien notaire ; celui de M. Bréant, pour la guérison du choléra ; le prix fondé par M. le baron de Trémont, ancien préfet, laissant une rente pour aider un savant, un ingénieur, un artiste ou un mécanicien, auquel une assistance serait nécessaire pour atteindre un but utile et glorieux pour la France ; le prix Chaussier, pour des travaux de médecine ; le prix Pourat, pour la physiologie ; le prix fondé par M. Gegner, ancien employé du ministère des finances : ce prix est destiné à venir en aide à un savant qui se serait déjà signalé par des travaux sérieux. Une fondation récente a été faite par M. Dusgate, pour le meilleur ouvrage sur les moyens de prévenir les inhumations précipitées.

Enfin, au nombre des legs les plus importants, les plus fructueux pour la science, il convient de rappeler d'une façon toute spéciale celui qui a été fait, en 1869, par

M. le Dr Louis Lacaze. Mettre à la disposition de notre Compagnie trois prix biennaux de 10,000 francs chacun, destinés à récompenser les meilleurs travaux sur la physique, sur la chimie et sur la physiologie, c'est concourir, de la façon la plus efficace et la plus noble, aux progrès de ces sciences : ces prix, qui ne sont pas partageables, d'après la volonté du testateur, sont, pour ceux qui les reçoivent, un honneur, et, en même temps, un engagement et un moyen de suivre la voie qui les a déjà conduits à d'importants résultats scientifiques.

Avant de proclamer les noms des lauréats de nos concours, je dois dire encore quelques mots, non sur les récompenses que nous décernons. mais sur une lacune que semblerait présenter un des Rapports faits par les Commissions de l'Académie. Il y a déjà plus de deux ans, M. Lecoq de Boisbaudran, déjà connu par d'importants travaux, découvrait, dans un minerai de zinc, un nouveau métal, auquel il a donné le nom de *gallium*. Malgré les difficultés qu'il a rencontrées dans l'extraction de ce corps et dans l'étude de ses propriétés, l'examen qu'il en a fait ne laisse aucun doute sur son existence et sur ses principaux caractères. La découverte d'un corps simple est toujours un fait considérable pour la science : aussi, à ceux qui s'étonneraient que celle du gallium n'ait pas été consacrée par une de nos récompenses, nous dirons qu'il n'y a de la part de l'Académie ni indifférence ni oubli : elle attend que M. Lecoq de Boisbaudran, qui n'a eu jusqu'ici à sa disposition que des quantités très-minimes de ce métal, en ait préparé des quantités assez considérables pour compléter une étude qu'il a si brillamment commencée. La consécration académique de sa découverte viendra à son heure.

Nous devons faire la même réserve à l'égard des mémorables expériences sur la liquéfaction des gaz que, faute de moyens suffisants de compression et de refroidissement, on regardait comme étant des gaz permanents ou incoercibles. Les jours où ces découvertes ont été annoncées à l'Académie ont été pour elle des jours de fête ; mais ces résultats sont tout récents, et il n'appartient pas au président attardé de l'année 1877 de vous entretenir de travaux qui datent d'hier ou qui s'accomplissent aujourd'hui.

Paris. — Typographie de Firmin-Didot et Cⁱᵉ, impr. de l'institut, rue Jacob, 56. — 6794.

9 782329 621692